松鹤诗集

朱凤相 李雅君 著

西藏人民出版社

图书在版编目(CIP)数据

松鹤诗集 / 朱凤相，李雅君著. --拉萨：西藏人民出版社，2022.9

ISBN 978-7-223-07196-3

Ⅰ. ①松… Ⅱ. ①朱… ②李… Ⅲ. ①诗集-中国-当代 Ⅳ. ①I227

中国版本图书馆CIP数据核字(2022)第116853号

松鹤诗集

作　　者	朱凤相　李雅君
责任编辑	苏远尚　拉　珍
封面设计	旦真那杰
出版发行	西藏人民出版社(拉萨市林廓北路20号)
印　　刷	西藏山水印务技术有限公司
开　　本	787×960　1/16
印　　张	8.125
字　　数	140千
版　　次	2023年4月第1版
印　　次	2023年4月第1次印刷
印　　数	01-1,000
书　　号	ISBN 978-7-223-07196-3
定　　价	38.00元

作者简介

李雅君

女，汉族，黑龙江省宁安市人，中共党员。1974年起在黑龙江省宁安县兴隆中心小学任教师，1976年进入哈尔滨师范学院（今哈尔滨师范大学）中文系读书，1979年7月毕业赴藏。先后在西藏自治区教育厅、西藏民族学院（今西藏民族大学）、西藏藏医学院（今西藏藏医药大学）、西藏自治区新闻出版局等单位工作，历任主任科员、副处长、处长、副校长、党委书记、党组书记等职务。多年致力于探索研究西藏民族高等教育和新闻出版事业的管理改革与发展问题，公开发表论文十余篇。

朱凤相

男，汉族，黑龙江省依兰县人，中共党员。1976年进入哈尔滨师范学院（今哈尔滨师范大学）中文系读书，1979年7月毕业赴藏，先后在西藏民族学院（今西藏民族大学）、西藏大学执教，副教授，其间开设了先秦两汉魏晋南北朝文学、隋唐五代文学、《诗经》与《诗经学》、古代汉语、古代文论、现代汉语、历史文献学等多门课程。在科研方面主攻方向为古代文学。公开发表《白居易的平民意识与诗歌创作》《〈长恨歌〉主题研究述论》《〈长恨歌传〉作者稽疑与断想》《许穆夫人"非卫宣公之女"辨》《一首借古写今缘情写景的边塞诗》等多篇学术论文。自编、参编多部教材和教学参考书籍。

自　序

我们，曾经是大学时期的同学，不仅同校、同班，而且还是同组，前后桌。

我们，大学毕业后一起志愿支援西藏的社会主义建设，同乘一列火车，同坐一辆汽车，同行在奔赴西藏的路上。

我们，志同道合携手走到了一起，是同学、同事、战友，也是生活中的伴侣。

我们，曾携手漫步雪域高原拉萨河畔，河坝林的沙路上有我们青春的咏诗声。

我们，曾同心徜徉三秦大地渭水之滨，西藏民族学院林荫下有我们诵词的足迹。

我们，曾因工作需要而分居藏陕两地离多聚少，托凭鸿雁传递《两地家书》。

我们，五十岁天命之年又双双重返拉萨，追寻那未曾看够的神山圣水、没有听够的藏曲民歌、没有完成的人生追求。

我们，吟诗诵词是生活的色彩，夫唱妇随是快乐的节奏。两人共同将工作中的困难烹制成幽默的"麻辣烫"，把生活中的艰辛挥洒出别样的浪漫。悠悠诗意，激励人生，唯美生活，减轻压力，愉悦心情，保持乐观，让生活变得简单而美好，让心胸变得宁静而从容、豁达而乐观，让生命充满芬芳诗情和灿烂阳光。

我们，共同在万卷书和千里路中寻觅隽永的诗意，既有柴米油盐酱醋茶的恬淡，也有琴棋书画诗曲花的浪漫。四十年风雨兼程，虽然苍老了容颜，但是初心未改，执子之手相伴百年。

这里奉献的八十一首诗词，是去年春节前夕，我们整理历年工作笔记、个人日记、两地家书、QQ个人空间、微博微信，从中挑选出一部分我们四十多年来在西藏工作生活乃至退休回到祖国内地所写下的原创诗词。

本诗集分四个部分，内容有积累于工作、学习、生活中的心得感受抒怀言志；有沉淀于亲情、爱情、师恩、友情的涓涓细流家国情怀；有凝练于神州大好河山、社会发展进步、国富民强的讴歌赞美；有对国内外重大事件的敏锐关注；也有闲情逸致的低吟浅唱。这些诗词从一个个侧面，反映了我们这一代人所经历的社会发展、理想追求、矢志不渝、工作生活、精神情趣和世界观人生观。

诗集所选的八十一首诗词，虽然水平有限，但这是我们夫妇四十多年来工作生活的真实写照，也是我们这一代进藏大学生的成长缩影。其中，有的是一个人写就，有的是两个人合作，也有两地遥相唱酬，故取名为《松鹤诗集》。松，即秦岭一松，朱凤相的雅号；鹤，即晴天一鹤，李雅君的雅号。

朱凤相　李雅君

2022年5月

目　录

第一部分

抒怀咏志

作于二次进藏途中

秦岭一松　晴天一鹤

其一

银鹰冲天起，
飞往拉萨城。
白云脚下过，
江河似蛇行。
五十知天命，
又踏新征程。
芳草连天碧，
依依满别情。

其二

回首望秦川，
休言蜀道难。
夫妻乘鹰往，
苍茫云海间。

2005 年 7 月 20 日

● **创作背景**

2005年7月20日，我们奉调第二次进藏工作，夫妻携手登上飞机，重返阔别了20多年的西藏拉萨。这两首诗是我们合作于进藏飞机上。

附：

读雅君夫妇诗有感

杜健美

卅载风云踏旅程，
同窗酿就酒香浓。
相携边塞尝甘苦，
比翼双飞撵大鹏。
最掂娇妻征远路，
几回梦里伴君同。
痴情一片孤灯夜，
深爱千般似血浓。

2005年7月28日

新岗履职第一日

晴天一鹤

新岗履职第一日，
自感压力千斤重。
藏医藏药堪外行，
语言交流需译通。
虚心求教从头起，
鞠躬尽瘁如履冰。
面对期待合众力，
知难而进创新图。

2005 年 7 月 23 日

● **创作背景**

此诗是我作于赴西藏藏医学院履新职的当日下午，面对民族传统医学特色鲜明且神秘而陌生的学院，虽心有压力，但深感不能退缩。

水调歌头·返藏抒怀寄远朋

秦岭一松

久有冲天志，
重返拉萨城。
二十五年过去，
不见昔日景。
迎宾大道广阔，
拉鲁湿地葱茏，
车流人潮涌，
一派都市风。

解行囊，
会亲朋，
足不停。
欣逢四十大庆，
饱览雪域风情。
卧闻夜雨声声，
晓观白云碧空，
边陲风景异，
如在画图中。
遥寄同学辈，

早作西藏行。

2005 年 7 月 25 日

● **创作背景**

这首词是我第二次重返拉萨到西藏大学报到之日，沿途看到阔别多年拉萨的巨大变化，感慨万千，作词抒怀。

附：

赠诗送行

蔡觉权

盛情之宴，
拒之不忍；
临行之礼，
却之不恭。
迁徙辞行，
难免劳顿；
进藏之前，
更须保重。

2005 年 7 月 16 日

珠江吟二首

晴天一鹤

一

烟雨珠江望远楼，
两岸百姓富如侯。
若是范公①游此处，
“先天之忧”不再愁。

二

珠江美景好明眸，
蕉园风光靓心头。
若是陶令②今犹在，
《桃花源记》当重修。

2005年12月13日·珠海

● 注释

①范仲淹也称“范文正公”该诗简称“范公”，我国北宋时期政治家、文学家。他倡导的“先天下之忧而忧，后天下之乐而乐”的思想对后世影响深远。

②陶渊明，我国东晋末期杰出田园诗人、辞赋家、散文家，著有《桃花源记》。

作于澳门环岛游艇上

晴天一鹤

昔登望海楼，
烟雨望沧海。
今乘环岛号，
击浪鼓满帆。
划破珠江水，
直抵上海滩。
敢涉太平洋，
犹似踏平川。

2005 年 12 月 15 日

● **创作背景**

十三年前我到珠海出差曾入住望海楼，此次乘坐环岛号从望海楼前经过，迎风远望珠江两岸改革开放后的巨大变化，有感而发。

参观上海洋山深水港有感

秦岭一松　晴天一鹤

一条巨龙横东海，
深水码头好气派。
洋山孤岛化为舟，
中华崛起添异彩。
驾日乘霓凭空望，
何人海上舞长带？
智叟不再笑愚公，
娥皇二帝更无奈！

2006 年 1 月 22 日

回首——西藏，我在与你同行

晴天一鹤

永不停息的雅鲁藏布江水，
由小到大，
波涛滚滚，
一直向前，向前。
仿佛一眨眼的工夫，
27年光阴，
就转瞬而去。
回首27年，
哦——西藏，
我在与你同行。

曾记得，
公元1979年，
大学毕业之初，
怀着北方姑娘特有的
泼辣好奇，
简装西行。

曾记得，

我们翻越唐古拉山，
横穿青藏线，
连续八天，
汽车颠簸，
高原反应，
胀痛的脑袋，
满身的尘土。

曾记得，
第一次完成工作任务时的兴奋；
曾记得，
第一次下乡被烈马甩下的尴尬和痛觉；
曾记得，
第一次对酥油茶、青稞酒、生牛肉的不习惯；
还有多少曾记得，
还有多少的忘却，
已经无从想起。

人生旅途中，
曾有过犹豫彷徨。
而我们何等幸运，
遇见魂牵梦绕的高原，
淳朴厚实的民族，
以其博大的胸怀，

吸引哺育我们。
雪域纯洁的阳光
照耀着我们成长，
织就美丽的锦绣画卷。

回首27年，
我们曾经历了什么？
是从铁皮平房到高楼大厦的巨变？
还是从泥巴路到柏油路乃至青藏铁路的延伸？
是从卫星电话到程控光纤互联网的面对面？
还是从罐头、蛋粉、冻肉
到片片绿色大棚里的新鲜蔬菜？
还是从衣服单调的黑、灰、蓝
到赤、橙、黄、绿、青、蓝、紫的多姿多彩？
衣食住行的变化，
使古老的雪域高原
焕发出与祖国同步的蓬勃生机。

回首27年，
多少人在这里谱写青春赞歌，
多少人在这里铸就人生辉煌，
多少人在这里献出热血生命，
多少人默默无闻奉献青春。
每一条国道，

每一段铁路，
每一个电站，
每一座工厂，
每一所学校，
每一栋楼房，
每一家欢声笑语，
每个人的平安背后，
都有平凡而伟大的奋斗与付出。

回首27年，
人的一生中
能有几个27年？
庆幸的是，
我们能与西藏同行进步，
亲眼目睹27年间，
改革开放的
一幕幕壮阔波澜，
亲身经历27年间，
改变西藏人民生活的
一个个重大事件。
一次又一次证明，
国家振兴则百姓富庶，
民族团结则国富民强。

回首27年，
如白驹过隙，
乌丝生华发。
经历微不足道，
些许自豪的是，
没有虚度年华。
待到数年后，
退休归乡颐养天年，
俯首子孙绕膝嬉戏，
和老伴对坐摇椅上，
给孩儿们讲述雪域高原，
讲述爷爷奶奶的故事。

2006年9月26日·拉萨

故乡礼赞二首

秦岭一松　晴天一鹤

一

一条巨龙舞北国，
珠落人间江湖沱。
龙爪天工雕冰城，
龙涎垂滴生镜泊。
乌金黑土北大仓，
雪原林海油成河。
豹吟虎啸兴安岭，
鹤邀朝阳戏白鹅。

二

飞雪洒落龙满身，
隆冬北国披新银。
冰雕佳丽翩翩舞，
乌苏里江号子吟。
地下森林成异景，
太阳岛上戏虎群。
漠河夜空极光幻，
龙腾虎跃喜迎春。

2004 年 11 月 19 日

● **创作背景**

我们乘坐火车回故乡黑龙江休假，沿途看到家乡美景城乡变化，欣然而作。黑龙江不仅有东北虎和丹顶鹤等野生动物，还有松花江、黑龙江、乌苏里江、牡丹江、镜泊湖、莲花湖以及漫山森林和地下原始森林等自然景观。这片肥沃的黑土地更是祖国的大粮仓。

雪莲花赞

晴天一鹤

身边
是坚硬冰冷的岩石
积雪百尺
寒风咆哮
孤独缺氧
他们
欲冻僵我的身体
吞噬我的生命
我只有攒足浑身力气
任我柔韧的根
向冷酷的岩缝
抗争

好冷
好累
任凭这风雪
把我吹倒千百次
我都要再次挺起倔强的
脊梁

在绽放出我生命中
最美的那一朵花瓣之前
我的世界
没有垮下的
理由

2007年春·拉萨

西藏——我心中的高原

晴天一鹤

西藏
我心中的高原
你是如此辽阔充满柔情
雪山谷底时时飘过佛音
牛粪堆上的火苗
跳来跳去
试着和星星飞吻
竟然是我前世未曾醒来的梦

西藏
我心中的高原
你被不同的口音
虔诚地吟诵
任凭
五色经幡猎猎迎风
转经筒隆隆滚动
你甩甩头
雪白的清晨
又有小生命诞生

西藏
我心中的高原
你所理解的生命
是近在咫尺的悠远
是甜蜜的欢声笑语
清脆嘹亮的歌声
划破夜空清晨
星星撒落在
藏北可可西里

西藏
我心中的高原
你飘下的雪花
是沸腾的高山精灵
挺拔巍峨
驱散阴霾
拉萨城的窗外
永远有你
不变的身影

西藏
我心中的高原
你身躯里吐出的骨骼
深藏着棕红色的皱纹

那是磕长头的路
你有世界上海拔最高的挚爱
没有失落的节拍和韵律
来时无路
去时无风
旋转的声音
在地球第三极
以无言的路径
寻找爱的迷失
来吧
我在这里
拍拍胸膛
只要你
高举真诚

2007年3月30日·拉萨

三君赞

秦岭一松　晴天一鹤

松

朔风凛冽花草凋，
青松昂首不弯腰；
人生当以松为友，
傲雪凌霜气冲霄。

竹

雪压丛林枝头弯，
翠竹挺拔向云天；
人生当以竹为友，
骨硬心宽韧而坚。

梅

飞雪百花不见影，
梅花含笑播芳馨；
人生当以梅为友，
越是严冬越娉婷。

三君赞

冰雪隆冬松竹梅，
情高气雅德生威；
人生当以三君友，
陶冶精神品更璀。

2007 年 11 月 2 日 · 拉萨

行者心中的香巴拉

晴天一鹤

疲惫的行者，
因为与高天厚土结缘，
于是有了力量；
匆忙的行者，
因为与极地低空相吻，
于是到了天堂。

西藏，
天地相接的地方，
太阳最近的地方。
你是冬日里的童话世界，
你是行者心中的香巴拉。
飞向西藏，
飞向阳光，
飞向人间天堂！

2007 年 11 月 19 日·成都

生命之恋

晴天一鹤

西藏
我的第二故乡，
你是我的生命之恋！

太阳之吻
在神山之巅，
冰雪融汇
于长江之源。
天堂夜雨
淋湿我思乡之梦，
高原天风
鼓满雪域前进之帆。
远古明月
高悬在深邃的夜空，
蓝天白云
永远真情相伴。
清澈河水
流淌着中华血脉，
连绵群山

昂首在世界之巅。
边塞雄魂
吟唱唐宋诗篇，
凝固冰雪
镌刻四千万年前的波光涟涟。
草原辽阔
牛羊悠闲似水流淌，
帐篷顶上
飘扬着国旗袅袅炊烟。
黝黑脸庞
浸透风吹日晒，
一抹高原红笑靥
如格桑花般灿烂。
肥大藏袍
掩盖不住宽广胸膛，
氆氇围裙
飘现着美丽勤劳的浪漫。

哦，西藏
我的第二故乡，
你是我生命之恋！

2008年7月18日

接雅君回拉萨途中所见所感

秦岭一松

严冬十月木凋零，
高原丽日天融融。
长河水绿波荡漾，
远山雪白映碧空。
岸边公路车如梭，
水中禽鸟戏不惊。
休问达摩西来意，
人与自然和谐中。

2006 年 12 月 14 日

向着太阳

秦岭一松　晴天一鹤

雪域高原洒满阳光，
在大昭寺前，
摇转“玛尼”祈祷，
熙熙攘攘和谐吉祥。

五彩的经幡挂山冈，
在蓝天之下，
牛羊点点似繁星，
白雪碧水戏鸟舞成双。

绿色草原成群牛羊，
在雪山脚下，
涓流汇入雅江，
两岸沃野青稞菜花儿黄。
哈达洁白美酒飘香，
在藏家新居，
欢声笑语“扎西秀”，
手挽手儿跳起“锅庄”。

白云漂浮的天边，
雄鹰在展翅飞翔。
翻身农奴把歌唱，
五十六个民族情如手足。
兄弟姐妹同一个目标，
国富民强向着太阳！

2009 年 4 月 5 日

● 创作背景

2009年4月5日，我们首次乘坐火车从拉萨前往西安，途中应朋友严玉明(中央民族大学副校长)之约创作歌词一首，后经艺术家作曲并录制成唱片发行。

献给 Xbkj

晴天一鹤

中浦科技创新班，
理论研讨忙充电。
今日缘聚 xbkj[①]，
明朝各奔西部边。
数月同窗谊诚厚，
莫忘班网常共谈。
恳恳情跃出屏窗，
拳拳心输入文档。
纵万里相遥，
天南地北重拾旧日话题，
海阔天空开拓创新尽侃。
待他日八方云集，
再返浦东重整队，
定是巨龙腾高天！

2009 年 8 月 18 日

● **创作背景**

2009 年我参加浦东干部学院中国西部科技创新与特色优势产业发展“专题研讨班”时所作。

● **注释**

①所在班网用户名和密码，这里借代班级。

高原格桑花

晴天一鹤

传说“张大人”是你的前世
神山圣水呼唤你生命的根芽
冰清玉洁的雪域天地
绽放出今世的格桑花

你在猎猎寒风雪雨中
编织着少女的梦想
你在漫漫秋冬春夏
寻找那史诗英雄格萨尔王

雅鲁藏布是甘甜的乳汁
喜马拉雅是你的家
月亮心中的女神
已是慈祥的阿妈啦

星星送走往日的梦想
太阳迎来今天的希望
当你的情怀装下世界
雪域高原开遍格桑花

当你把吉祥抛洒
当你把如意留下
雪山草原处处欢歌
民族团结百姓安康

神鹰带着你的祈愿
飞上世界最高的山巅
把你甜美的笑靥
献给喜马拉雅山脉

2009 年 9 月 4 日

再过兰州

秦岭一松

前次过兰州，
草木皆葱茏。
再过兰州时，
百草尽凋零。
烈日息焰火，
悬瀑已成冰。
顿觉岁将晚，
吾行似飞蓬。
飞蓬漂无定，
吾行自有程。

2010 年 12 月 16 日

● **创作背景**

此诗是我休假只身乘火车从拉萨回北京，途经兰州，有感而作。

青藏铁路车窗拾景(节选)

秦岭一松

其一

凭窗远眺夕晖艳，天接地处地接天。
线塔座座似银烛，映出高原万里蓝。

其二

独卧车中不成眠，轮声阵阵惹人烦！
仰望夜空星斗移，不觉已是三更天。

其三

睡眼惺忪窗外看，山披朝阳分明暗。
坡上牛羊忙觅食，远处人家袅炊烟。

其四

青海湖畔地平坦，水天一色不见边。
地肥草美牛羊众，家家户户挂经幡。

2011 年 12 月 20 日

途遇美景因火车钻山洞抓拍失败有感

秦岭一松

湖山层叠似仙境，
云蒸雾绕草戴纱。
拿起相机欲拍摄，
黑夜骤降眼前花。
待到羲和重现身，
怅然若失空蹉嗟。
但恨自己身手慢，
失之交臂难再抓。

2011 年 12 月 21 日

三过兰州

秦岭一松

日昃时分向金城，
天色迷茫晦阴晴。
山石嶙峋皆邪上，
松苗稀疏少葱茏。
烟囱栉比冲天立，
黄河母亲现愁容。
奉劝世人节索取，
留片绿荫子孙乘。

2011 年 12 月 21 日

读《毛泽东传》第一卷有感

秦岭一松

鲲居北冥欲南徙，
蜩与学鸠笑其痴，
人间百难老君炉，
炼就大圣毛润之。

2012 年 9 月 10 日

读《毛泽东传》第二卷有感

秦岭一松

十载困居延安城，
运筹帷幄对蒋公。
重庆会谈见胆略，
纸虎之论四座惊。
美蒋围剿何所惧？
胸中自有百万兵。
三年鏖战乾坤转，
海上喷薄天将明。
筹措建国更前瞻，
政治协商求大同。
东方睡狮今已醒，
天安门上声音宏。

2012 年 11 月 7 日

回首西望笑太白

秦岭一松　晴天一鹤

朝食方罢辞长安，
未晡时分达燕山。
回首西望笑太白，
舟与高铁孰先还？

2019 年 10 月 5 日

● **创作背景**

国庆节长假期间，我们早饭后乘坐高铁从西安回北京，四个小时即到家吃午饭。口诵李白“朝辞白帝彩云间，千里江陵一日还”诗句，感慨祖国现代化建设飞速发展。

旧诗新补

秦岭一松

回望中华百年史，
灾难重重多苦辛。
八国联军入京师，
东洋小丑躏吾民。
全民奋起驱强虏，
东方耸立新巨人。
鸦片烟霾去未久，
卷土又来转基因。
内有蛀虫蚀大厦，
外有豺狼窥国民。
天灾人祸接踵至，
何以护佑吾儿孙。
寒来暑往历五载，
断腕迎来万木春。
喜逢祖国七十诞，
神州大地万象新。
贸易之战群情愤，
中华民族众一心。
一带一路连世界，

龙腾虎跃咤风云。

2019 年 10 月 23 日

● **创作背景**

此诗始作于2014年7月，当时正值转基因种子肆虐我中华大地，乃作此诗以抒怀。但因孙儿生病发烧，故搁之而未就。五年后偶见此诗，遂记起，续之。

读《华为送别荣耀》文赞

秦岭一松

风潇潇兮易水寒，
壮士一去不复还。
豪杰哽咽送荣耀，
重整旗鼓再闯关。
此去前程多险阻，
勇士何惧山复山。
欲借芯片断吾路，
还以光刻阻吾攀。
乌云蔽日时时暗，
黑手欲遮朗朗天。
百折不挠民族志，
自力更生南泥湾。

2020 年 11 月 25 日

读《一代伟人·毛主席请末代皇帝溥仪到家过年》有感

秦岭一松

春风化雨施甘霖，
润泽万物静无音。
枯骨蒙化生新肉，
朽木逢春成绿荫。
天下贤才皆为用，
四海之内无闲人。
太平盛世已开启，
神州万里气象新。

2021 年 2 月 17 日

茶酒与人生

秦岭一松　晴天一鹤

人生如茶亦如酒，
茶苦酒辣皆有因。
茶之头道少年志，
积极进取历苦辛。
茶之二道中年业，
色味虽衰精华存。
茶之三道老年意，
淡泊名利始归真。
酒似人生交知己，
陈年佳酿味厚醇。
酒如世间名与利，
贪杯恣饮会醉人。
酒不醉人人知醉，
浅尝辄止利于身。

2013 年 5 月 8 日

归途抒怀

晴天一鹤

拉萨渐行渐已远，
车外雪山映蓝天。
数载发奋还乡去，
告老回归心坦然。
不在其位勿问政，
怡然自得享天年。
含饴弄孙庭前坐，
兴来伴夫游山川。

2012 年 12 月 16 日

● **创作背景**

作于离藏返京的青藏铁路列车上。

复维君

晴天一鹤

黄莺[1]本是夏日生，
逆袭寒冬敢迎风。
心怜娇枝花纤弱，
傲放凌晨励人行！

凌寒独处花有容，
不与梅兰争春宠。
四季循环凭律道，
自蕴天香不羡红！

2021 年 12 月 4 日

● **创作背景**

正值寒冬，出门晨练。冷风中，草木凋零。突然，眼前一亮，只见路旁一株兀然开放的小黄花，任凭朔风斜吹，无所畏怯，袅袅婷婷，散发着淡淡的幽香，给这寂寥的寒冬增添了几分情趣，它不畏寒霜、坚韧不屈的品格令人钦佩！随即拍下照片发到朋友圈，并获好友维君一首赞诗。

附：

维君赞诗

于维君

一株黄莺[1]绽寒庭，
逆袭冬日慕新萌。
悲天悯凉骚人叹，
枯木丛中寓春情。

● 注释

①指文中小黄花

再复维君

晴天一鹤

卧龙①河畔迎春风，
二君②有幸入庠中③。
东北④西南⑤行使命，
冰城⑥雪域⑦传鸿声。

2021 年 12 月 11 日

附：于维君观赏一幅雄鹰翱翔图片后随感成诗

致雅君

于维君

堪比鸿鹄青云志，
心怀远志冲宏宇。
青藏高原两飞跃，
冰峰雪莲胜春怡。

● **注释**

①在黑龙江省牡丹江境内。②指于维君、李雅君。③古指学校，这里指两人先后进入大学就读。④诗中指黑龙江。⑤诗中指西藏。⑥指哈尔滨。⑦指青藏高原。

清明踏青奥森园

晴天一鹤

清明踏青奥森园，
疫情汹汹来捣乱。
满心欢喜观美景，
口罩依然遮面颜。
安全防疫不懈怠，
只愿家国皆平安。
桃花玉兰惹人醉，
老来聊发少年嗨！

2022 年 4 月 5 日

● 创作背景

因为受新型冠状病毒疫情影响，一段时间深居简出。清明节，我和先生两人戴上口罩迫不及待地奔向奥林匹克森林公园。明媚的春光和百花盛开的景色令人精神振奋，迷醉了两个奔七的老夫妇，竟然聊发起少年狂，放弃乘车，一路赏花观景吟诗拍照，徒步两个多小时走回家，全程10.8公里。

贺神舟十三号载人航天飞船成功返回

晴天一鹤

银汉飞渡半年整，
神舟十三遨苍穹。
太空行走摘星月，
天宫课堂全球听。
感觉良好英雄笑，
九天圆梦聚东风。
科技强国再踔厉，
中华振兴舞巨龙！

2022 年 4 月 16 日

● **创作背景**

2022年4月16日9时56分，我国神舟十三号载人航天飞船圆满完成太空飞行六个月后成功返回并着陆于内蒙古东风东着陆场。可喜可贺，有感而作。

第二部分　依依亲情

复朱凤相五言诗

晴天一鹤

远驰识良骥，
高翔见雄鹰。
岂言长相别，
万里信（心）相通。

1979 年 8 月 23 日

● 创作背景

1979年7月进藏途中，我们在敦煌约定保持通信联系，第二天便分别随队各奔西藏拉萨和陕西咸阳，从此鸿雁传书。这首《复朱凤相五言诗》是李雅君到达拉萨不久收到朱凤相第一封信所作。

爱妻赴藏小别有感

秦岭一松

鹤飞西南松在秦，
松[1]鹤[2]居中暂一人。
幸好半旬即归巢，
同迎鹤雏[3]喜满门！
雏羽未丰意高远，
鹤亦善教有奇勋。
待到晴空飞双鹤，
松枝抖擞长精神！

2004年1月6日·咸阳

● **创作背景**

当时李雅君在西藏民族学院工作，学校地处陕西省咸阳市。在此期间，经常要赴拉萨开会出差。

● **注释**

①指朱凤相。

②指李雅君。

③指女儿依宁。

新 月

晴天一鹤 秦岭一松

夜空新月弯弯，
暮色撑小帆。
轻点，轻点，
鸟儿树梢眠，
鱼儿水底酣。
一颗流星滑下，
伸手接不见。

我欲乘船追去，
飞越万水千山。
打颤，打颤，
风清衣薄冷，
语轻心中暖。
不敢惊人梦，
悄悄靠岸边。

2004 年 11 月 8 日

京都迎新春

秦岭一松

京都迎新春，
阖家团聚，
自有一番欢乐。
古城看瑞雪，
朋友相叙，
更具别样滋味。

2005 年 2 月 13 日

卜算子·小窗远望

晴天一鹤

身倚小窗扉，
情系大视野。
莫道鸿鹄丰羽翼，
人小志无边。

上瞻公务事，
下惦巢中雀。
待到雏鹰展翅时，
人生开新篇。

2006年4月26日·拉萨

● 创作背景

此诗是李雅君身在拉萨，午休时眼望窗外蓝天飘过一抹白云，念起远在北京的女儿。

赴机场接雅君遇风沙有感

秦岭一松

穿隧渡桥向机场，
西望沙岸走孤烟。
骏风顿作垂沙幕，
遮住河水挡住山。
司机告我鸿难降，
我心悬起口发干。
欲令屏翳掩旗鼓，
还我晴空万里蓝。
候机厅内徘徊望，
远山露脸喜眉间。
一架银鹰天外来，
心随机落笑开颜！

2006 年 12 月 14 日

● **创作背景**

在西藏工作的雅君因工作原因需要时常出差。我心悬牵挂。每次雅君出差，我都坚持随车到机场接送。是日，雅君从北京返回拉萨，我在去机场途中遭遇大风，拉萨河畔瞬间狂风卷起漫天黄沙，担忧飞机无法安全降落，焦虑中吟诗抒发心境。

执子之手，与子偕老

秦岭一松

执手相伴夕复晨，
子之诞日滞留申。
之情之意无由至，
手机短信表寸心。
与子同舟冬复春，
子之“于归”历苦辛。
偕行此生共耄耋，
老归家园享人伦。

2007 年 5 月 8 日 · 拉萨

● **创作背景**

雅君生日之际，恰逢她在上海出差。觉权、红英二位老同学在家中为雅君举行生日聚会，觉权亲自下厨，红英还为雅君买了生日蛋糕和礼物，使得雅君这个生日过得非常开心。我在拉萨衷心感谢二位老同学，同时也因不能亲自为雅君祝寿而遗憾，故取《诗经·邶风·击鼓》中两句诗，作藏头诗以抒怀。

乔迁新居有感二首

秦岭一松　晴天一鹤

其一

爆竹声中传吉讯，
欢庆家宴聚宾朋。
时遇三九雪皑皑，
喜逢乔迁乐融融。
越鸟结巢恋南土，
胡马脱缰依北风。
百转千回思乡意，
千里悠悠游子情。

其二

结庐在人境，
出门登北山。
远眺牡丹水，
奔腾向依兰。

2008 年 1 月 8 日

念奴娇·归途有感

秦岭一松

列车飞驰，疾如电，告别古城拉萨。
归心似箭，已约定，同往北京相聚。
可可西里，一弯新月，夜色朦胧中；
洪都南昌，欢声笑语相送。
盼望阖家团聚，妻儿相陪伴，
怿享天伦，人间情暖，恨路远，归心切，嫌车慢。
昼夜兼程，纵穿青藏高原，向幽燕，欢乐无限。
盛满酒，贺新年。

2009 年 12 月 28 日

● **创作背景**

当时雅君正在江西南昌出差。临行前我们相约西藏大学放寒假之日，即全家北京相聚之时，我们分别从拉萨、南昌启程回京过新年。此诗是我坐在拉萨开往北京的火车上，触景生情，填词抒怀。

辛卯中秋遥念爱女依宁

秦岭一松　晴天一鹤

秋风吹落满地金，
夜空浩茫皎月轮。
神州今宵共赏月，
几人团聚几人分？
人生聚合亦如月，
天涯相知若近邻。
但愿人间皆圆满，
欢天喜地享人伦。

2011年9月11日·拉萨

报 喜

秦岭一松

龙年吉祥万象新，
福满厅堂喜临门。
了却女儿终身事，
打点行囊向三秦。

2012 年 1 月 15 日

● **创作背景**

2011 年末，女儿依宁即将结婚。雅君因工作不能离岗，故全家一致商定并征得亲家同意，女儿婚事从简，全权由我于高校寒假之际，只身从拉萨赶回北京，请女儿女婿吃了顿便饭，代表双方老人祝福两位年轻人新婚幸福。此诗是我赋诗向雅君报喜，准备次日启程前往西安休假。

回故乡

秦岭一松

上次回故乡，
乃在十年前。
此次回故乡，
旧貌换新颜。
村村通汽车，
水泥路相连。
原野披绿装，
天空碧如蓝。
道逢儿时友，
两鬓皆已斑。
携弟与甥侄，
来到祖坟前。
纸马寄幽思，
鞠躬报平安。
绵绵思乡意，
悠悠路八千。

2013 年 7 月 14 日

为爱孙春游玉渊潭题照

秦岭一松　晴天一鹤

风和日丽暖阳升，
樱花初蕊乍见红。
学琴课余入园戏，
玉渊潭边露笑容。
碧水蓝天交相映，
人与草木共春风。
草木逢春枝叶壮，
冀盼幼苗早长成。

2021 年 2 月 27 日

第三部分

师恩友情

送王惠生赴阿里

晴天一鹤

首都之子好儿男，
东西南北志无边。
乌苏江畔船歌放，
骏马挥师上高原。
山遥水远驰不住，
狮泉河边奉华年。

1982年1月5日

● 创作背景

老同学王惠生是地道北京人，17岁响应号召离开北京奔赴黑龙江生产建设兵团，27岁转赴拉萨支援西藏，1982年又申请奔向海拔更高环境更艰苦的阿里。从北京知青到北大荒，从东北再到西南，从平原到高原，从拉萨又到阿里，穿越大半个中国。在西藏西部的阿里，他坚守了30年，奉献了30年，用实际行动兑现了入党誓言。在告别拉萨之际，特作诗一首为他送行。

贺友人

晴天一鹤

2003即将尘封历史，2004近在明天。辞旧迎新，百感交集。

敲响的是钟声，
走过的是岁月。
带走的是历史，
留下的是故事。
憧憬的是美好，
送上的是祝福；
愿所有的好梦依偎着我们，
入睡时甜，
醒来成真；
愿所有的吉星呵护着我们，
万事祥瑞，
阖家平安；
我将所有良好祝愿，
编织成长长的哈达，
伴我们进入新年！

2003年12月31日

献给中文系76·4校友录

晴天一鹤　秦岭一松

1976年的秋季，
我们在哈师大中文系相聚。
虽然彼此都很陌生，
但又觉得是那样的熟悉。
来自不同的地区，
有着不同的身份，
却有共同的目标：
愿意为西藏的发展奉献青春！

从此，
哈师大中文系76·4，
成为我们新的集体。
我们有了班主任和辅导员，
还有了班长和书记。
四个小组，
俨然四个方队，
每个同学尽情挥洒活力。
我们求知如饥似渴，
运动场上展示风采；

我们笑过、哭过，
也曾吵过、闹过，
记得谁和谁还打过——
那是青春的故事，
如今都成了美好的回忆；
那是年轻的经历，
永远储藏在你我的心里。

转眼26年过去，
当年的青春已显两鬓华发；
天各一方的我们，
有着越来越浓的牵挂！
期待着，
松花江畔母校重相聚，
中文系76·4班，
意气风发再整方队！

2005年4月7日

● **创作背景**

1979年7月，我们哈尔滨师范大学中文系76·4班34名同学响应号召奔赴西藏，支援西藏建设。抵达拉萨后很快分配到各地，许多同学甚至一别几十年未见过面。2005年4月，我们在网上创建了一个共同的“家”——中文系76·4校友录，天各一方的老同学欢聚在这里。此诗即我们当时所作。

西行抒怀并答蔡丽华“小纸条”

秦岭一松　晴天一鹤

打点行装别亲朋，
抚摸长铗将西征。
但求此生长厮守，
何顾身前身后名！

2005 年 7 月 19 日

● **创作背景**

蔡丽华(大学同学、好友)远在广东得知我们天命之年将再次双双进藏工作，担忧我们的身体能否承受高原气候，特从QQ发来“小纸条”，表达殷殷关切和百般叮咛。此为我们离开陕西咸阳前夕作诗回复蔡丽华。

赠十洲先生

秦岭一松　晴天一鹤

十方奇石聚雄风，
州瀛数载游子情。
惠泽学林秀桃李，
纳赉顽石自珠峰。

2006 年 1 月

● 创作背景

吴十洲先生是我们的好友。我们从西藏回京休假时曾带回珠峰脚下一小块石头赠予纪念。

为吴邹两家贺新年

秦岭一松　晴天一鹤

欣闻相聚天通苑，
奈何好友在四川。
谨以小诗代美酒，
送与吴邹[1]醉开怀。
此虽不及茅台厚，
却乃松鹤心意满。
祈愿两家百吉祥，
新春喜乐皆平安！

2006年2月3日

● **创作背景**

2006年2月3日我们全家去四川江油看望多年未见的老同学穆常丽，在途中火车上，闻十洲、东涛两家相聚于北京天通苑，遂欣然作诗一首当即用手机短信发给远方宴席上的朋友。

● **注释**

①吴：吴十洲；邹：邹东涛。二人均为我们的好友。

约定的期待——复吴十洲先生《写给凤相雅君二友》

秦岭一松　晴天一鹤

君子三友年初有个圣洁约定：
仲夏相会在雪域日光城，
足迹踏上世界屋脊，
顺便看望久别的文成公主。

呵——
乐得公主忙吩咐：
快把纳木措盛满青稞酒，
快把吉祥的雪花酿成酥油，
快把真诚的心意揉成糌粑，
快把美好的祝愿堆成切玛，
切不可怠慢我的娘家兄弟。

看——
高耸的珠穆朗玛跳起来了，
奔腾的雅鲁藏布唱起来了，
矫健的康巴汉子舞起锅庄，
美丽的雅砻少女托起哈达。

我们将瞻仰布达拉宫的圣光，
照亮前程；
我们将聆听大昭寺的诵经声，
祈祷平安；
我们将点燃扎什伦布寺的油灯，
为家人祝福；
我们将升起米拉山的桑烟，
为明天寄托梦想。

君子三友①期待着圣洁的约定，
仲夏相会在雪域日光城。

2006 年 2 月 7 日

● **创作背景**

吴十洲一直希望能到西藏亲身考察体验雪域高原的自然风光与民俗风情。我们约定于2006年仲夏在拉萨相聚。

● **注释**

①指朱凤相、李雅君、吴十洲。

附：

写给凤相雅君二友

吴十洲

上年最后的西风刮来漫天的诗情。

初春的太阳，
暖暖地照在身上。
今年的冬雪迟迟未降下来，
门前的小树遮蔽着千年风霜。
姐姐和妹妹事先通了雁书，
山麓间的云雾，
忧心年前的你没有了消息。
清夜里一曲笛声动了我的心，
返乡的火车上，
装满了一声声祝福。
没有推敲的诗，
谁又不是他乡人，
窗外排列着送别的垂柳。
下楼来，
女儿问一声：
那新绿色的讯息来自何方？
遥望着远山的新月，
三家约定在仲夏。
别忘了，
在我家留存的石头，
喜马拉雅山峰上的君子。
悠悠情怀，
窗外吹拂着西来的风。

2006年2月5日

附 2:

吴十洲先生 2006 年 2 月 7 日复

昨天的冬日，
远方的人说天很冷，
幽幽的山，
清清的流水，
夏日里的歌中就唱雪花飞舞，
后来真得见到雪山啦，
你说高山脚下有生你的老屋，
屋里生着冒着桑烟的火。
风雪里那一定很冷，很冷。
梦里有仲夏的日光城。
雪域的日光城。

贺觉权生日寄语

晴天一鹤　秦岭一松

觉悟人生苦甘甜，
权衡时序心淡然。
生平知己最难得，
日向桑榆霞满天。
快哉此生无憾事，
乐享余生几十年。
逢友诞日聊寄语，
献芹之意尺幅间。
花开花落年年有，
聚散离合世世缘。
卜宅愿做邻舍翁，
海上明月同相看。
掇取白云作哈达，
东风吹送到海边！

2006 年 12 月 6 日

● 创作背景

蔡觉权是我们的大学同学好友，上世纪六十年代末志愿从上海到黑龙江生产建设兵团参加开垦北大荒，七十年代末又申请支援西藏建设并主动要求到藏北那曲地区工作多年。

附：

贺雅君生日

蔡觉权

雅量达观巾帼才，
君子抱负满胸怀，
生当四海任挥洒，
日光城内雪莲开。

2006年6月30日

和蔡觉权祝贺新年

秦岭一松　晴天一鹤

韶华虽逝容颜改，
童心未泯喜空前。
瞻前顾后无悔愧，
有问自远乐开颜！
同喜同贺共迎新，
扎西德勒祝新年！

2007 年 1 月 1 日

● **创作背景**

蔡觉权是我们的大学同班同学，也是好朋友，毕业后一起进藏。

附：

贺年诗

蔡觉权

流光匆匆又一年，
好雨知春喜事连。
莫道韶华飞逝去，
前瞻正是新开端！

金猪拜春贺新年

秦岭一松　晴天一鹤

爱犬汪汪去，
金猪喏喏来。
祝友新年好，
祺祥康乐财。
光阴匆匆逝，
情谊勿忘怀。
日月轮回转，
童心永不衰。

2007 年 1 月 2 日

遥祝丽华生日快乐

晴天一鹤　秦岭一松

遥忆江门同学聚，
祝寿举杯姊妹情。
丽池雕轩颢园景，
华灯照水南国风。
生猛海鲜尽品味，
日丽风和乐融融。
快意未尽璇北归，
乐也何时更南行。

2007年1月8日

● 创作背景

蔡丽华夫妇是我们的大学同学、好友，毕业后一起赴藏工作，上世纪九十年代末调至广东江门五邑大学任教。2004年“五一”长假期间，我们几位同学相约去江门看望蔡丽华夫妇，老同学久别重聚格外亲，“快意未尽璇北归”，期待何时再次南行。

已亥重阳寄远朋

秦岭一松

国庆方罢又重阳，
登高赏菊望故乡。
手执茱萸寄远朋，
遥祝诸君体安康！

2019 年 10 月 4 日

附：宁铁夫收到《已亥重阳寄远朋》后，即兴复诗

北国正是秋风好

宁铁夫

北国正是秋光好，
枫叶如丹照嫩寒。
借得黄菊代茱萸，
适逢“九九”忆华年。

我收到铁夫的《北国正是秋风好》后再次复诗

步韵和铁夫

秦岭一松

霜染枫叶秋色好，
北雁南飞为避寒。
君借菊花代茱萸，
遍地铺金庆丰年。

2019 年 10 月 7 日

惊闻恩师张国庆先生逝世

秦岭一松　晴天一鹤

惊闻恩师捐馆舍，
泪眼东望疑非真。
欲借电波再询问，
恐伤师母思夫心。
平生发奋功卓著，
杏坛木秀善耕耘。
桃李不言下有蹊，
烛泪虽尽光犹存。
待到下次归乡时，
定至灵前祭英魂。

2012年8月19日

● 创作背景

张国庆先生是我们大学时期的现代汉语课老师兼班主任，恩师的学术与师德使我们受益匪浅。老师抱病卧榻之时，心中仍牵挂着远在西藏的我们，多次吟诗，口授其女儿晓莉笔录于纸上收藏。

2008年春节前夕，我们休假前往看望时，恩师已病重，亲手将六篇诗稿赠予我们。我们本打算利用年底休假再次探望,想不到已无缘再与恩师相见!

附:

诗六首

张国庆

一

万里云天外,
莲花雪线开。
西藏成才路,
亲人破空来。

2007年8月

二

万里云天外,
入藏皆成才。
片片拉萨事,
牵念家在怀。

2007年8月

三

荒原高寒育奇才,
腹地人子西藏来。
茹苦含辛三十夏,

贡献多多谁敢埋？

2007年9月5日

四

霜叶藏红花，
成才又成家。
一个户口本，
拉萨传佳话。

2007年9月

五

我欲接踵睡梦中，
忽闻西藏传风声。
两番探访师生好，
江水长流见真情。

2007年9月

六

人间女子李雅君，
凤凰飞落西域人。
朱生年少又英俊，
共建西藏第一春。

2007年9月6日

为廷芳大姐雪照而作

秦岭一松　晴天一鹤

辗转万里一奇石，
石上刻纹倍清晰。
曾在雪域陪花草，
今来京都伴竹枝。
石经风霜色不变，
竹遇严冬志不移。
石竹相伴共风雪，
此中真意松鹤知。

2021 年 1 月 25 日

● **创作背景**

2021年1月25日北京下了第一场雪，刚刚接受完中央电视台采访的“当代文成公主”张廷芳大姐拍摄庭院雪景发来分享。照片中有两块石头，是次旺俊美院长当年到藏北牧区开门办学时带回拉萨的。他在石上刻下的细纹、修的小路还清晰可见，夏季石头上会长出小花草和绿苔。廷芳大姐退休返回北京时，舍不得丢下这块见证西藏情结的石头，千里迢迢带回北京，置于院中，以志纪念。我们看到照片，勾起回忆，有感赋诗。

居家避冠[1]贺元宵

秦岭一松

今日上元节，
居家避冠妖。
不给国添乱，
不去凑热闹。
无事不出门，
出门戴口罩。
举杯贺远朋，
微信庆元宵！

2021年2月26日

● **注释**

①指新型冠状病毒肺炎疫情。

复慧敏

晴天一鹤

知音知己且知心，
世间难得几多寻。
童时君敏缘分重，
同村共饮卧龙水。
地北天南常入梦，
闻得“半李”顿崩泪。
祈愿姐妹安无恙，
琴词曲赋好放飞！

2022 年 2 月 7 日

● **创作背景**

壬寅年正月初七清晨，闺蜜好友慧敏发来微信并附诗一首，读后感慨唏嘘热泪盈眶，遂步韵和诗而复之。

附：

慧敏诗

知音难觅我拥有，
有你知己不难求。
难得儿时同村住，
半个世纪共携手。
昨晚梦中又相见，
借风放飞好由头。

观克珠群培教授登山照有感

晴天一鹤

群山徜徉乐无穷，
巍峨参差醉心中。
桑烟蓝天朝暮伴，
骄阳难却亦从容。
世间好恶何须念，
闲情逸致色界空。
归田颐养思乡笃，
纵享夕阳赞彩虹。

2022 年 3 月 7 日

● 创作背景

克珠群培，西藏著名作家，中国作家协会会员，中国民间文艺家协会理事。出版了《西藏佛教史》等三十余部学术著作，发表学术论文和文学作品一百多篇，担任过茅盾文学奖和中国少数民族文学创作骏马奖评委。我们两家是多年的好同事、好邻居、好朋友。是日，克珠群培在拉萨登山远望并拍照发来。照片中的老友及其背景中的群山、蓝天、经幡、白塔、桑烟……令人浮想联翩，勾起对往昔西藏岁月的难忘回忆，有感而作。

读《天源随笔·相握、相拥、与抚摸》有感

晴天一鹤

病母在床，
倚望为瞻。
慈母念儿，
望眼欲穿。
只为一见，
苦儿忙颠。
孝子之心，
昭然若现。

母子相拥，
心心相连。
母恙儿惦，
忠孝难全。
三步两回，
忍泪顾盼。
愿母平安，
下次再见！

2022 年 4 月 6 日

● **创作背景**

于天源，北京中医药大学教授、主任医师、博士生导师，援藏干部。在西藏工作的共同经历，我们结下了深厚友谊，成为好朋友。近期于老师母亲患病住进医院，工作繁忙的于老师早晨做好母亲最爱吃的红烧鸡翅，忙完工作便急奔医院探望母亲。疫情原因，医院规定探视时间、次数及人数均有限制，故每一次探视都是母亲望眼欲穿，儿子急不可待，母子见面相握、相拥，抚摸肩背，千叮万嘱不舍离开。这一天，于老师探视母亲后，写下《天源随笔·相握、相拥、与抚摸》发给我，读后有感而作。

诗词曲赋歌年华(之一)

晴天一鹤

(辛丑年正月初二)晚，身居各地的“卧龙河畔教育花”们不约而同聚集在微信群屏前。

锦州的淑清偕夫弹琴吹笛，完美演奏一首《花儿与少年》，其精湛才艺和优雅气质令人钦佩。

我在北京不禁赞叹道：

多才多艺天仙配，
弹琴吹笛悉神通。
居室温馨花草木，
屏前醉煞画外友！

长春的慧敏赞道：

乐曲飘千里，
可望不可及。
有朋喜音律，
妙声网可期。
举手投足间，
似仙是伴侣。
如此好朋友，
知音琴和笛。

继而，慧敏拿起手风琴自奏自唱起《莫斯科郊外的晚上》，堪比苏联女高音歌唱家的风采！

紧接着，哈尔滨的徐辉演奏手风琴曲《小松鼠》再次将气氛推向高潮。

慧敏赞道：

卧龙河畔是我家，
教育之花七彩霞。
五十年后网上聚，
自信诗酒歌年华。
爆竹响处有笛声，
琴声响处春意发。
愿君康健同携手，
朋友相伴乐天涯！

我立刻接上：

昔日姐妹屏前聚，
多才多艺情谊浓。
傲骨腊梅羞掩面，
卧龙之花暖春风。

慧敏的感慨让姐妹们意犹未尽：

因为我们今生有缘，
才能携手几十年；
因为我们同为师范，
才有这诗词歌苑；
因为我们珍视友情，
才能千里万里心相连；

因为大年初二的今天，
才有这诗话曲歌互唤；
淑清琴起传佳音，
雅君吟诗玉珠连，
大年初二仙女会，
恍惚离地三尺三！

2021 年 2 月 13 日

● **创作背景**

我的微信里有个群“卧龙河畔教育花”，顾名思义，群友皆为姐妹且都是人类灵魂的工程师。群里的姐妹们诗词曲赋样样精通，几十年虽身居各地，但交流始终保持着“才女不缺词曲赋，自信诗酒歌年华”的品味与境界。

诗词曲赋歌年华(之二)

晴天一鹤

傍晚,长春的慧敏将锦州的淑清舞长穗剑视频发在《卧龙河畔教育花》群里,并让姐妹们猜猜看是谁?一时间群里好热闹,姐妹们无诗不发帖,出口便成章。

先是慧敏自揭谜底:(藏头诗)

朱红稍浅粉色衣,
淑女剑侠堪称奇。
清自生来才自高,
舞剑弄琴通六艺。

我随口赞道:

英姿舞剑窈窕女,
飒爽弄缨显威风。
一招一式云流水,
喜赞本家①勤练功。

淑清谦虚道:

慧敏雅君谬夸赞,
朱家拙女心喜欢。
班门弄斧不怕丑,
眼高手低勤习练。

慧敏自豪起来：

卧龙河水养才女，
教育之花七仙女[2]，
习文练舞秀美女，
教书育人好儿女。

宁安的秀茹夸赞道：

身着粉装美娇娘，
手持宝剑显阳刚。
会缝彩衣又抚琴，
锻炼身体保健康。

慧敏评论：

一株青树[3]剑锋长，
晴天一鹤好文章，
语出珠玑是秀茹，
慧敏紧撵不赶趟。

2022 年 4 月 27 日

● **注释**

①本家：我家先生姓朱，淑清也姓朱，故称其本家。

②七仙女：指群中七姐妹。

③一株青树：朱淑清的昵称。

第四部分

杂咏

读刘禹锡《秋词二首》随记

晴天一鹤

其一

自古逢秋悲寂寥，
我言秋日胜春朝。
晴空一鹤排云上，
便引诗情到碧霄。
有感随记：
振翅之鹤，
秋日晴空；
排云之上，
矫健凌鸿；
奋发搏击，
大展鹤图。
晴天一鹤
取此诗意.
壮哉！壮哉！

其二

山明水净夜来霜，
数树深红出浅黄。

试上高楼清入骨，
岂如春色促人狂。
有感随记：
八月曾游麦积山，
其山其水，
其树其景，
其境其静，
其夜其声，
其冽其爽，
终生难忘。
美哉！美哉！

2003 年 12 月 8 日

星在闪动

晴天一鹤

漫步校园小径，
抬头仰望星空。
曾经欣赏那句格言，
“已知的未知的，
已经的未来的，
不需要太懂”。
而今读来忽感些许消极。
倘若是
当未知变为已知，
当未来变为已经，
或许后悔没有把握当今。

漫步校园小径，
抬头仰望星空。
蔚然发现——
美丽的星空下，
明亮的星在闪动！

2003 年 11 月 20 日

周末悠闲自画像

晴天一鹤

煎一首小诗，
煮一篇散文，
炒一盘短评，
炸一本小说。
烹调料理一鹤，
挥毫取代餐锅，
文字切成葱花，
酌量加入幽默，
再将墨水代油，
点燃返老还童的焰火，
亲手为家人掌厨，
作一餐忘不了的盛宴。
多彩的味觉，
能量足够改善平淡。
趁热读，
风味更佳。
心中有诗意，
岁月何曾老？

2004 年 1 月 10 日

夜色的遐想

晴天一鹤

夏的烦躁刚刚被秋风拂去，
满目又是冬的瑟瑟。
夜色朦胧高穹苍茫，
一朵流云锁住月光。
想象云的另一边，
那是很远的故乡。

夜色一定很美，
车水马龙街道；
多彩绚丽灯光，
窗口传出欢笑。
还有那，
月下的故事浪漫而美好。

2004 年 10 月 29 日

舟游鼓浪屿

晴天一鹤

乘兴舟游鼓浪屿，
登高望远日光岩。
鹭江厦市傲沧海，
语水金门阻尺湾。
枉以“三民”书对岸，
终应“两制”唤回还。
惜哉辜老已辞世，
未妨金民统宇寰。

2005年1月3日·厦门

● **创作背景**

在厦门环岛路上矗立着“一国两制统一中国”的宣传牌，隔海隐约可见对面台湾金门岛上有“三民主义统一中国”的标语牌。辜，指辜振甫，台湾知名企业家，首任海峡交流基金会董事长。1993年4月27日代表台湾海基会与大陆海协会会长汪道涵在新加坡举行了“汪辜会谈”。作此诗当日闻知辜振甫先生逝世消息。

武夷山水润红袍

晴天一鹤

青山碧水润红袍①，
九曲②仙浆煮紫瑶。
流韵水光多诱惑，
花姿竹影尽娇娆。
尝传举子返魂魄，
又道茶枝披锦貂。
轶事名人多涉趣③，
听来神旷意逍遥。

2005年1月4日·武夷山

● **注释**

①指武夷山特产名茶大红袍。

②九曲溪九九十八道弯，绕武夷山而流。

③传说古时候有一个穷秀才上京赶考路过武夷山时病倒在路上，被一位方丈看见，泡了一碗茶给他喝下，秀才好转后继续赶考，金榜题名中了状元，还被招为东床驸马。状元带茶进京，正遇皇后肚疼鼓胀卧床不起，状元立即献茶让皇后喝下，果然茶到病除。皇上大喜，将大红袍交与状元，让他代表自己去武夷山封赏，将大红袍披在茶树上，以示皇恩。后来众人就将这三棵茶树叫作“大红袍”，成为年年岁岁的贡茶。

回眸望海楼

晴天一鹤

夕阳西照望江楼，
千里珠江眼底收。
天海苍茫碧空尽，
归帆一点自悠悠。

2005 年 12 月 13 日·珠海

雨观乌镇随笔

秦岭一松　晴天一鹤

江南水乡有乌镇，
一河两街蜡染坊。
修真观①前说乾隆，
翰林第②旁赏雕梁。
特色小吃姑嫂饼③，
昔日当铺不开张。
蒙蒙细雨舟边过，
似水年华天下扬。

2006 年 1 月 20 日

● **注释**

①乌镇的一处景观，在乌镇东栅栏西头印家巷里。北宋咸平元年，道士张洞明在此结庐，修真得道，创建“修真观”。

②指夏同善的翰林第，乌镇的一处集传统民居和园林为一体富有人文气息的景观。

③乌镇的传统名点。民间传说是因姑嫂二人斗气而成并得名。

感怀周庄三首

秦岭一松　晴天一鹤

一

绿水环绕周庄城，
小桥流水存古风。
漫听今人说张沈[①]，
升官桥畔有新声。

二

冬雨绵绵访周庄，
白墙黑瓦色茫茫。
昔日张沈今何在？
水畔唯余旧雕梁。

三

江南巨豪沈万三，
富可敌国恼龙颜。
虽有万蹄善机变，
难逃噩运谪滇边！

2006年1月22日

● **注释**

①张，指张厅，明代的建筑。沈，指沈万三，元末明初富豪。曾捐资重修长城和南京城，受到明太祖猜忌，充军发配云南。流放期间，他在茶马古道再次经商，重获生机，去世后安葬于周庄。

拉萨远眺

秦岭一松　晴天一鹤

远山雪皑皑，
近郊树葱茏。
寒暑共一域，
冬春一时呈。
若非亲身历，
岂信有此境？

2006 年 4 月 21 日

● **创作背景**

2006 年 4 月 21 日拉萨夜间降雪，早晨起来景象一新。临窗远眺，随感而发。

昨夜雪搅乱了杜鹃的梦

晴天一鹤

昨夜漫天的雪，搅乱了杜鹃的梦。惺忪醒来，窗外又刮起春风。望不尽的雪，听见了谁在呜咽。是那杜鹃花开了，娇蕊又落了。我遍地搜寻杜鹃，心生怜爱。

窗外一簇红，
最怜惹春风。
忽有寒流至，
蕊落染绿丛。
昨沐艳阳天，
今浴风雪中。
四时无定则，
冷暖总关晴。

2006年4月21日·拉萨

两地Q聊唱酬诗三首

秦岭一松　晴天一鹤

其一

朱凤相只身回到西安休暑假，当日天气预报气温39.9度。刚从雪域高原回到三秦大地，酷热难耐，遂在QQ中赋诗抒怀：

炎炎暑天似蒸笼，
沙沙知了树上鸣。
杯水下肚汗如雨，
手中团扇扇不停。
忽见窗外修房客，
躬身裸背烈日中。
但恨手无后羿箭，
独射九日济苍生！

2012年7月23日

其二

不久，身在拉萨的李雅君通过QQ告之：拉萨此刻雷声大作，黑云压城，山雨欲来，并作诗四句相酬：

我处雷声作，
彼方烈日焰。
神州袤万里，
寒暑两重天。

2012年7月26日

其三

三日后，西安也迎来一场雨，朱凤相遂仿杜甫《春夜喜雨》诗半韵答之：

好雨知人意，
当暑乃降临。
借风送凉爽，
护佑众黎民。

2012年7月29日

题雅君冬日树照

秦岭一松

严冬既至威未施，
树疑春临凌空起。
枯叶落尽孕新绿，
含苞吐蕊挂寒枝。

2020 年 12 月 21 日

观明文成都家中所拍视频戏作

秦岭一松

窗含绿树飞白鹭，
云消雾散不见烟。
老不出关少莫入，
皆因蜀地好河山。

2020 年 12 月 23 日

冬日晨练

晴天一鹤

冬日迎风向朝阳，
但闻鸟鸣无花香。
园中漫步哼小曲，
近无人，
老妇亦发少年狂。

人生难得知足道，
闲读诗书友微聊。
赏乐品茗皆逸趣，
偶起兴，
引吭高歌念奴娇。

2022 年 1 月 7 日